Der Schellenengel

Rainer Schulz

DER SCHELLENENGEL

Eine Weihnachtsgeschichte
geeignet für kleinere Menschen
und auch für ein paar größere

IMPRESSUM

Autor, Gestaltung: © 2024 Rainer Schulz
Neuauflage, leicht bearbeitet: © Neuendettelsau 2024[2]
Erstausgabe: Rainer Schulz © München 2011[1]
Abbildung: Paul Klee, Schellenengel. Laut VG Bild-
Kunst ist der Urheberrechtsschutz des Künstlers Paul
Klee seit 1.1.2011 abgelaufen.
Verlag:
BoD · Books on Demand GmbH, In de Tarpen 42,
22848 Norderstedt, bod@bod.de
Druck:
Libri Plureos GmbH, Friedensallee 273, 22763 Hamburg
ISBN: 978-3-8423-6628-2

INHALT

KEINE FRAGE

Dass es Engel gibt, ist keine Frage. Sonst hätte sie so ein berühmter Maler wie Paul Klee nicht gezeichnet. Das beweist zwar nicht alles, aber doch eine ganze Menge. Der kleine Engel begegnete dem großen Paul auf geheimnisvolle Weise. Er schlich sich in seinen Zeichenstift hinein und überließ sich ganz den Händen des Künstlers. Der verewigte ihn 1939 auf Papier. Von dort reiste der Engel weiter und landete schließlich in diesem Buch. Ich habe ihn gefragt: »Wie kommt es, dass Du Dich auf Erden, unter Künstlern und in Büchern herumtreibst, statt im Himmel anständig Dein Hosianna zu singen?« Man glaubt es kaum: Er hat tatsächlich geantwortet. Hier ist seine Geschichte.

Schellenengel, Paul Klee 1939

Seltsam

Die Geschichte des kleinen Engels auf Erden begann mit zwei ziemlich müden Menschen.

Wir ahnen schon: Sie hießen Josef und Maria. Die stolperten über Stock und Stein und gelangten irgendwann und endlich nach Bethlehem.

Genau besehen waren es aber *drei* Menschen. Dem dritten im Bunde ging es blendend, denn der lag bequem im Leib seiner werdenden Mutter.

Doch wie die Dinge so gehen, kam der Zeitpunkt, dass er hinausmusste. Die werdenden Eltern hatten es gerade noch geschafft und diesen Stall gefunden mit dem Futtertrog fürs

Vieh. So erblickte das neugeborene Kind zunächst nicht das Licht der Welt, sondern Heu und Stroh und die Mäuler von Ochs und Esel. Außerdem war es Nacht und ziemlich dunkel.

Geschehen war es nun um die Bequemlichkeit im warmen Mutterleib. Das Stroh piekte, und die Tiere schnaubten, die müden Eltern flüsterten nervös und besorgt, und ein paar hektische Hirten brachten ziemliche Unruhe herein, von den blökenden Schafen nicht zu reden.

Mit einem Mal aber wurde es hell. Mitten in der Nacht. Seltsam, seltsam. Das kleine Kind aber bemerkte davon kaum etwas. Es hatte die Augen nur manchmal und dann nur ein ganz klein wenig geöffnet, so dass eben auch nur ein ganz klein wenig von all dem Licht durch den schmalen Augenspalt drang. Woher kam die-

ses seltsame Leuchten? Oh, sehr einfach: Drau-
ßen waren die berühmten himmlischen Heerscharen am Werk mit ihrem Leuchten und Singen und ihren »Fürchtet-euch-nicht!«-Rufen.

Für Spezialisten: Davon hat Lukas in seinem
Evangelium berichtet. Guckt ruhig mal nach
im 2. Kapitel.

STIMMBRUCH

Was Lukas, der Evangelist, aber nicht aufgeschrieben hat, muss nun dringend ergänzt werden. So wie er bekanntlich kein einziges Wörtlein von Ochs und Esel schrieb, so hinterließ er auch nichts Näheres über die Engel in jener Nacht.

Es gab große und kleine Engel unter ihnen. Einer der Kleinen, der eigentlich schier nicht an sich halten konnte vor lauter Lust, Gott zu preisen, befand sich leider im Stimmbruch. Bitte? Das kommt bei Engeln nicht vor? Weit gefehlt! Es ereignet sich in den besten Familien mit großer Regelmäßigkeit, im Himmel wie auf Erden. Dieser armselige Engel konnte daher trotz aller Sanges-, Lobes- und Preiseslust nicht mitsingen, und auch seine »Fürchtet-Euch-nicht!«-Rufe klangen beinahe, als hätte er einen Reisigbesen verschluckt. Es war geradewegs zum Fürchten!

Irgendwann aber hatte er es satt, dauernd so zu tun, als ob er sänge. Er beschloss eine Landung. Sie gelang für sein jugendliches Alter nicht schlecht, mangelnde Übung hin oder her. Kaum hatte er Boden unter den Füßen, klappte er seine Flügel zusammen und schlüpfte rasch in den Stall hinein. Keiner bemerkte es, zum Glück. Denn es war strengstens verboten, sich von den himmlischen Heerscharen zu entfernen. Das Engelchen geriet, wie es kommen musste, an den Futtertrog. Dort schnaubten es Ochs und Esel warm an. Das tat gut. So beschloss es, zu bleiben.

Der Schreck war jedoch groß, als dort schon ein anderer Engel lag.

»Bist du auch abgehauen?«, fragte unser Engel mutig. Das Kind öffnete einen schmalen Spalt weit die Augen. »Ich bin kein Engel wie du«, sagte das Kind. Daran erkennen wir, dass es die Engelsprache beherrschte. »Nicht?«, fragte der Engel. »Nein. Ich habe zum Beispiel keine Flügel. Ich kann nicht fliegen.«

Unser Engel war mehr als erstaunt. »Du kannst nicht fliegen? Und ich kann nicht singen!«, brummte er. Dabei lief er etwas rot an im Gesicht, denn er genierte sich.

»Du kannst nicht singen?«, fragte das Kind in der Futterkrippe. »Leider derzeit nicht. Ich leide an Stimmbruch«, erläuterte der kleine

Engel seine Lage und setzte bei der Verwendung dieses Ausdrucks ein aufgeklärtes, ja beinahe wissenschaftliches Gesicht auf.

Das Kind fragte weiter: »Und warum singst du nicht trotzdem?« Der Engel entgegnete etwas rätselhaft: »Weil dies das auditiv-ästhetische Empfinden der Zuhörenden stören würde. Außerdem schadet es nicht unerheblich dem Stimmapparat.«

Das Kind hatte nun Mitleid mit dem Engel und beschloss, ihm zu helfen. »Da, nimm!«, sagte es und hielt dem Engel eine kleine Glocke hin. Eher handelte es sich wohl um eine Schelle.

»Wer nicht singt, der klingelt eben«, fügte das Kind noch hinzu. »Danke!«, rief der Engel erfreut aus.

Er fühlte sich sehr plötzlich sehr weihnachtlich, schlüpfte wieder hinaus aus dem Stall
und klingelte fröhlich in die dunkle Nacht hinein.

Die *dunkle* Nacht?! Ja, das Schrecklichste war
geschehen: Das Licht war verschwunden, und
die Engelschar hatte sich längst wieder in ferne
Höhen zurückgezogen. Nur ein eigenartiger
Stern, langsam verblassend, hing einsam am
schwarzen Himmel.

Unser Schellenengel guckte zitternd in die
kalte Nacht hinein und kam sich sehr verlassen
vor. Doch so sehr er nun auch klingelte und
bimmelte, die himmlischen Heerscharen waren verschwunden. Der Engel war verzweifelt.
Der Himmel war so weit und groß und dunkel
noch dazu. Wie sollte er da heimfinden?

Nach geraumer Weile gewann er ein wenig an Fassung und besann sich. Er kehrte zurück in den Stall. Immerhin gab es da doch diesen flügellosen Engel im Futtertrog.

»Na, noch da?«, fragte der. »Ja. Die sind alle schon weg!«, flüsterte der Engel. Er war dem Weinen nahe.

»Mach dir nichts draus«, tröstete ihn das Kind. »Dann bleibst du eben auf der Erde. Engel werden hier dringend benötigt.«

»Woher weißt du das?«, fragte der Engel.

»Ich weiß so ziemlich alles«, flüsterte das Kind ebenso verlegen wie erheitert.

Dann schlief es ein.

PAUL

Lassen wir nun ungefähr 2000 Jahre vergehen. Da trug es sich zu, dass der Schellenengel Paul begegnete, dem Maler. Er besuchte ihn, als Paul beinahe schon das Zeitliche segnen und vor Traurigkeit schon nicht mehr glauben sollte, dass es noch eine Rettung für die Welt geben würde.

Er lebte in einer fürchterlichen Zeit. Waffen und Uniformen galten jetzt viel. Nach Engeln fragte da kaum noch einer. Dabei war Paul, der Maler mit dem schönen Nachnamen Klee, ein sehr geschätzter Mann gewesen. Bis eben die mit den Waffen an die Macht kamen. Paul setzte sich ab in die Schweiz. Dort starb er, kaum, dass der große Krieg begonnen hatte.

Gott sei Dank jedoch meldete sich gerade noch rechtzeitig der kleine Schellenengel bei ihm. Mit seiner Schelle klingelte er eines Tages, und Paul öffnete. Genau gesagt, öffnete er ihm die Tür seines Herzens. Und von dort aus geriet er in Pauls Bleistift. Und von dort aufs Papier.

Wie gut, dass Paul einen Engel an seiner Seite hatte, als er aus dem Leben ging. Und dass er ihn gezeichnet hat.

Sonst hätten wir den kleinen Schellenengel vielleicht nie kennengelernt.

HEUTE

Da der Weihnachtsengel mit der Schelle nun bei uns gelandet ist, geht es bei uns auch weiter.

Ein Engel unter uns: Gott sei Dank! Wir erinnern uns, was das Kind in der Krippe zum Engel gesagt hatte: »Dann bleibst du eben auf der Erde. Engel werden hier dringend benötigt.« Wer auch sonst könnte Gott auf Erden besser loben und preisen? Wer sonst könnte uns genauer erzählen, wie das war damals mit dem Stall, dem Futtertrog, den Tieren und dem kleinen Menschenkind? Mit einem Mal war alles anders geworden in Bethlehem. Himmlische Heerscharen hatten die Furcht der angstvollsten Menschen verscheucht:

»Euch ist heute der Heiland geboren«, hatte man sie rufen und singen hören. Die Menschen waren ziemlich sprachlos gewesen angesichts dieser himmlischen Botschaft in jener Nacht. Das ist bis heute so geblieben. Es verschlägt uns immer neu die Rede, und wir finden keine Worte, Weihnachten für Weihnachten. Dann geht es uns beinahe wie dem kleinen Engel, dem stimmbrüchigen, heiseren, stimmlosen, der nicht singen konnte, und tat er es doch, so klang es, als habe er einen Reisigbesen verschluckt. So reisigbesenhaft klingt es auch bei uns oft, wenn uns einer fragt: »Wie war das damals in Bethlehem?«, oder: »Du glaubst also an Gott???!!!« Dann wäre es gut, wir hätten wenigstens so eine Schelle und könnten, statt große Worte zu machen, ein bisschen herumklingeln.

So ein Engel kann uns helfen. Kommt er in unser Herz hinein, dann ergeht es uns wie dem Maler Paul. Der hatte den Bleistift, um zu zeichnen. Für das Bild vom Schellenengel lobten ihn die Leute über den grünen Klee und tun es bis heute.

Und auch wir können auch tun – dafür müssen wir keine Engelmaler sein wie Paul: Ein Lächeln verschenken, das wäre schon was. Oder eine Hand mal so richtig herzlich drücken. Oder einen ermunternden Brief schreiben, ein Bild verschenken, einem Kranken helfen, einem Einsamen Gesellschaft leisten, einem Weinenden die Tränen trocknen, dem Kind mit Hingabe bei den Hausaufgaben helfen, dem Nachbarn zu Neujahr einen Gruß an die Haustüre hängen. Oder auf der Straße irgendjemanden heiter grüßen, einfach mal so...

Ja, die Engel. Kaum ist einer von ihnen da, klingelt er sich schon ins Herz der Menschen hinein. Und auf einmal wird die Welt wie von selbst ein wenig fröhlicher als vorher, ein wenig weihnachtlicher, ein wenig menschlicher, ein wenig engelartiger. Mehr ist dem kaum hinzuzufügen. Spätestens seit der Heiligen Nacht ist das Wesentliche geklärt – nicht zuletzt mit der Hilfe des kleinen Schellenengels. Ihm sei besonders gedankt.

Noch Fragen?

Frage ruhig. Der kleine Schellenengel wird dir schon antworten. Er war immerhin in Bethlehem und weiß Bescheid.

Das macht ihn groß, so klein er auch sein mag.

Nachtrag für Wissbegierige

Wer war Paul Klee?

Paul Klee wurde 1879 in der Schweiz geboren. Von Kindheit an liebte er die Musik und das Zeichnen. Später schuf er zahllose bunte und fantasievolle Bilder. Oft wirken sie traumhaft, heiter und leuchtend.

Paul wirkte als Kunstprofessor in Düsseldorf. Er reiste viel und fand unterwegs Anregungen in der Natur und in anderen Kulturen. Seine Werke sind heute in vielen Museen auf der ganzen Welt zu bewundern und machen immer noch viele Menschen glücklich.

Die Nationalsozialisten bekämpften ihn. Er verlor seine Professur, sah sich 1933 gezwungen, Deutschland zu verlassen und ging in die Schweiz.

In seinen letzten Lebensjahren war Paul schwer krank, malte aber trotzdem weiter.

1940, noch während des Krieges, starb er in einer Klinik im schweizerischen Muralto (Kanton Tessin).

Vom selben Autor:

Strohhälmleins Traum – eine Weihnachtsgeschichte. ISBN 9783756886739 / 9783756853052. Verlag: BoD Ein armseliger, namenloser Strohhalm findet sich eines Nachts unvermutet in der Krippe des Jesuskindes wieder. Dies bleibt nicht folgenlos...

Lukas und das Buch – eine Weihnachtsgeschichte. ISBN 9783752645422. Verlag: BoD - Der kleine Lukas liebt Bücher. Eines Tages macht er in der Bibliothek seines Vaters eine höchst weihnachtliche Entdeckung…

Niklas, Anne und die Tanne – eine Weihnachtsgeschichte. ISBN 9783769318159 Verlag: BoD - Eine Tanne, die sich nach Urlaub sehnt? Hier passiert es: Sie verreist mit Hilfe von Niklas und Anne. Was erlebt sie? Wohin gerät sie? Wird nicht verraten! Ist aber spannend...

Der singende Briefkasten – eine Weihnachtsgeschichte. ISBN 9783769326819 Verlag: BoD - Im weit abgelegenen, winterlichen Tannenquell ist was los: Ein Briefkasten verhält sich auf besondere Weise weihnachtlich – und das ist ein großes Glück für Frau Schmidt und auch für den grummeligen Herrn Wütrich…